だれが海辺で気ままに花火を上げるのか

金愛爛《キム・エラン》

きむふな 訳

風の強い夜だった。風が強くて、何でも尋ねてみたくなる夜。何でもいいから尋ねないと、誰かがとても難しい質問をしてきそうな……そんな風の吹く夜だった。

僕は汲み取り式のトイレにしゃがんで冷や汗をかいていた。足の下、底知れぬ闇のなかをひゅーっと風が通っていった。疲れ果てた女の眉間のように狭い等圧線がもたらす風だった。人はその風が北太平洋から吹いてくると言った。

僕は両足で四角い闇をやっとの思いで踏みしめていた。足には最近誕生日のプレゼントに父に買ってもらった新しいスニーカーを履いていた。スニーカーが土を踏むたびに、半透明な靴底がぴかぴかと光った。電球が切れたトイレの闇のなかで光っているのは、靴底の青い光だけだった。スニーカーのまわりに虫が飛んできた。ひゅーっと風が吹いた。僕のまたの下に〝北太平洋〟が通り過ぎているようで、やたらと尻の穴がひやひやした。僕はずっとしゃがんだまま、父との昼ご飯のことを考えていた。

その日の午後、僕は父と一緒にある食堂にいた。看板といったら板に〝ふぐ屋〟と書いてあるだけの、古くてみすぼらしい店だった。父はそこがどんなに有名な店なのか熱心に説明を繰り返したが、お客さんは父と僕しかいなかった。頭にパーマをかけるときのビニールを被ったおばさんが、鍋を持って出てきた。父が醤油の小皿に練りわさびを溶かした。二人は向かい合って座り、黙ってスープの煮立ってくる音に耳を傾けた。父と息子のぎこちなさが不思議にも安らぎを与え、それを十分に味わわせるかのようにスープが勢いよく煮立ってゆた。父が袖をたくし上げて杓子を手にした。スープの上に腹を出してぷかぷかと浮かんでくるふぐを掬ってくれながら、父が言った。

「高いんだぞ、たくさん食べろ」

鍋が空になるまで、僕たちは一言も言わずに脂汗をかきながらふぐを食べた。食事に宿っていた一種純粋な集中が、浮遊する埃とともに輝いていた午後。父はお絞りで顔を拭いてから、やっと口を開いた。

「ふぐというものにはな」

父が唇をなめた。

「人を殺す毒が入ってるんだ」

「……」

「その毒はとても怖いもので、加熱してもお日さまに干してもなくならないんだ。それでふぐを食べて短ければ何秒か、長くても一日で死ぬこともある」

僕はデザートとして出ていたヤクルトの端っこを吸いながら、きょとんとした目で父を見つめた。

「それで？」

父が言った。

「お前は今晩寝ちゃダメだ。寝たら死んでしまう」

短い沈黙が流れた。

「なんだって？」

「死ぬんだってば」

僕は呆然と父を見つめた。

「父さんは？」

「おれは大人だから大丈夫さ」

僕は、父の前に置いてある、体をねじって恥ずかしそうに立っているヤクルトに目をやった。父は厨房に向かってコーヒーを頼んだ。

「なのに、何で僕にこれを食べさせたの？」

父がしばらく迷ってから答えた。

「それはお前が……大人にならなければならないからだ。父さんも子供の頃、これを食べて耐えたから生き残れたんだ」

「ほんとう？」

「ほんとうさ」

父が付け加えた。

「隣のジュングのじいちゃんも……これを食べて死んだんだ」

僕はジュングのじいちゃんが事故で死んだと聞いていたが、それがふぐのためだとは知らなかった。僕はまじめに聞いた。

「父さん、僕はこれからどうすればいい？」

父が答えた。

「今晩は寝ちゃダメだ。寝ちゃったら死んじゃうぞ」

ふぐ屋を出て行く父の足取りはゆったりしていた。僕は急いで、光るスニーカーのかかとをつぶして履き、慌てて父の後を追った。そして、歩きながらずっと父の顔色をうかがった。

ハンサムではなかったが、嘘をつくような顔でもなかった。父は町内の人に会うたびに軽口をたたいたり、挨拶を交わしたりした。ジュングのお母さんもその一人だったが、僕たちに向かって、「夜、台風が来るそうよ。瓶《かめ》のふたをして、洗濯物は取り込みな！」と忠告してくれた。僕は父の後をついて行きながら、今夜、父に何かを聞かなければならないような気がした。それが何かはわからないが、何かをだ。しかし、その瞬間、僕が父の後をちょこちょこついて路地のなかに消える瞬間にも、ずっと僕のかかとについて来る明るいひとつの光があったことをすっかり忘れていた。そのとき、誰かが僕を見ていたら、いよいよ父の後を追って飛び立とうとする一匹の蛍のようだと思ったかも知れない。

＊

家に帰った僕はジュングのお母さんに言われた通り、瓶のふたをして洗濯物を取り入れた。万が一、次の日僕に何かがあったとしても、父が相変わらず洗濯された服を着て、味噌が食べられるように。実を言うと、僕は一度死のうとしたことがある。父が僕に答案用紙を投げつけながら怒鳴ったときだった。「これが点数だというのか？　頭は何のためについているんだ、こんなつもりなら学校なんかさっさと辞めてしまえ！」。その日、僕はほんとうに生きていたくなかった。それで、宿題もしないで布団の上に横になり、それを取り出した。それとは、海苔の包装に入っている小さくて白い袋だった。袋には〝食べないでください〟と書いてある。それは僕にいつも、いろいろなことを考えさせる言葉だった。胸をドキドキさせながら袋を破ると、中から透明で砂のような粒がこぼれた。僕はその粒を二、三個舌の先に載せて唾で飲んだ。何の味もしなかった。僕は淡々とした気持ちで布団をかぶって目をつむった。そして次の日に目が覚めたとき父は、「今、何時だと思ってるんだ! 学校はどうするつもりだ、勉強もできないやつが寝坊ばかりして!」とわめき散らした。

本当に台風が近づいているのか空が曇っていた。トイレから出た僕は部屋に入り、しゃがんだまま父の帰りを待った。ふぐのせいで何度もむかむかし、お腹もぐるぐるした。なのに、トイレに行っても何も出なかった。便秘しているわけでもないのにおかしい。テレビでは年配のお天気キャスターが、わけのわからない絵と記号を指しながら一所懸命何かを説明していた。高気圧、北太平洋、気流、前線、だいたいそんな言葉だった。僕は地球儀を見るのが好きだから、北太平洋がどこにあるのか知っている。それはものすごく遠いところにある、ものすごく大きい海だった。今僕に当たっている風が、そんなに遠いところから吹いてくるものとは信じられなかった。

父はかなり遅くなるみたいだ。僕は父が帰ってきたら真っ先に〝髪を切って〟と頼もうと考えた。それから、いろいろと話しかけてみよう。そうすれば眠たくもないし、怖くもないだろう。

父は僕が生まれた時から今まで、ずっと僕の髪を切ってくれた。さほど腕がいいわけではないが、父は髪を切るのが好きだった。下手な腕で僕の髪を切るために、一時間以上も格闘したこともある。そのおかげで僕は、何年も同じヘアスタイルをしている。父は「親子で仲むつまじく、なんといい光景だ」と言ったが、その実は節約のためだったと思う。父は壁にかけてあるノートほどの鏡の前に僕を座らせて、丁寧に髪を切った。そして、いつも自分が徴兵に行ったときには理髪兵だったと自慢した。僕は軍隊に行っていない父が、どうやって理髪兵を務めることができたのか不思議だったが、黙って父に頭を任せていた。髪を切る間、父が聞かせてくれる話が好きだったからだ。

十時が過ぎてやっと父が帰ってきた。僕は父の足元にガムのようにくっついて、髪を切ってほしいとせがんだ。父はいぶかしそうに僕を見下ろして、「面倒くさいやつだな、どうしてそうなんだ?」といらだつように言った。僕は「親子で仲むつまじく、なんといい光景だ」と答えた。父はしばらく迷っていたが、ジャンパーをハンガーにかけてから、「わかったよ」と答えた。

＊

「父さん、僕はどうやって生まれたの？」

「動くんじゃない」

冷たいハサミの先が耳たぶをかすめた。

「そんなことは」

父が言った。

「母親に聞くもんなんだ」

僕は椅子に座って小さな鏡のなかを覗き込んだ。新聞紙を被って頭をたれている僕が見えた。小さくて四角い櫛が頭皮に沿って滑った。ちらちらと父の姿も映った。ハサミを持っている手の甲や腕、わき腹だけといった具合に。僕は顔の見えない父の声を聞きながら、歌うように尋ねた。父さん、父さん、僕はどうやって。家のあちこちから隙間風の音が聞こえた。遠いところからも、それよりもっと遠いところからも。尋ねることもできない安否が伝わる、あそこからも。風が吹いていた。父さん、父さん、僕はどうやって。

「だけど、母さんは……死んじゃったじゃん」

父が言った。

「そうだな」

うん、うん。外では風が吹き続けていた。

「知りたいよ、父さん。僕は、どうやって」

父がため息をついた。

「話したって信じないだろう」

「信じる、信じます」

ぱらぱら。新聞紙の上に髪の毛が落ちた。

「もっと頭を下げろ」

父の手の甲が僕の後頭部をぐっと押した。父が片手に小さな器を持っていた。器の中は泡が一杯だ。父は太くてやわらかいブラシに泡をたっぷりつけて、僕の襟首に塗りつけた。くすぐったくっておちんちんの先がキュンとした。父がささやいた。

「これは」

父が話した。

「まだ誰にも言ってない話だ。つまり……」

「秘密？」

「そう、秘密だ」

僕は頷いた。父は片手に剃刀を握ったまま話をはじめた。

「だから、おれが二十歳のときだった……」

鋭い剃刀がゆっくり襟首を滑っていった。それで、父の話を聞いている間はずっと、ざわざわと鳥肌が立った。


父の夏はある海から始まる。ぼさぼさの髪で、赤い四角い海水パンツをはいた父が笑っている。僕はその笑顔が二度と見ることのできない写真のようで、胸が痛む。父は背は高いが、ほっそりした体には全く筋肉がない。そして足は、どこからでもうまく逃げられそうな格好をしている。僕は体にぴったりくっついた海水パンツの上に突き出ている父のあそこをちらっと盗み見る。小さくてぶよぶよしたあそこは嘘を言っている人の顔のようにしらじらしい。僕に笑顔を見せるためしばらく立っていた父が、友達のところに走っていく。父の腋毛からぽたぽたと塩水が滴り落ちる。父の友人たちの顔は、僕が古い雑誌で見た昔の人たちと似ている。そのある種の善良さが、彼らが昔の人間であることを僕に教えてくれる。砂浜の上に蒸したじゃがいもとスルメイカ、焼酎のビンが見える。父がじゃがいもをもぐもぐしながら、ちらちらとしきりにどこかを見ている。あそこ、砂遊びをしている若い女性たちだ。彼女たちは短くてふっくらした太ももと、ちょっとだけぽっこりしたかわいいお腹をしている。たぶん父はそのなかの一人、あの涼しげなおでこの女性に惹かれたのだろう。彼女は当時流行っていたキャベツ模様のスイミングキャップを被っている。父の友人たちは彼女たちを意識する。それは彼女たちも知っているが、男たちよりも心を隠すのが上手いのだ。ハハハハッ。いきなり父と友人たちの声が大きくなる。彼女たちがちらっとこちらを見る。ハハハハッ。男たちがまた大声で笑う。男たちは、彼女たちと一緒に遊ぶ方法を思案中だが、なかなかうまい案を思いつかない。その時、彼女たちのなかの一人が泣きだした。あの涼しげなおでこの彼女だ。女たちが彼女を囲んでざわめいている。父とその友人たちも気になる。

「行ってみようか?」

だれかが皆に聞く。父の友人たちが心配そうに彼女たちに近づいていく。父も食べかけのじゃがいもを手にしたまま、もじもじと起き上がる。

「どうしたんですか?」

女性の一人が答える。

「わかりません」

男たちが一斉に、泣いている女を見下ろす。彼女の体のあちこちに赤い蕁麻疹が出ている。怯えのあまり彼女は顔が真っ青になっている。もう一人の女性が言う。

「海水や砂のせいでしょうか?」

彼女は体中が痒くてひりひりすると訴える。

「薬局は?」

「すごく遠いのよ」

蕁麻疹はますます赤く大きくなっているようだ。皆が途方にくれている。

「どうしよう……」

父が勇気を出して口を開ける。

「よかったら、僕がやってみましょうか」

「どうやってですか?」

父が彼女の前に跪いた。そして、片手で彼女の腕をそっと持ち上げる。皆が期待と疑惑に満ちた目で父を見つめる。父は大きく息を吸い込んで、持っていたじゃがいもを彼女の腕にこすりつけはじめる。みんなが困惑した顔になる。じゃがいものかすが消しゴムのようにぽろぽろと落ちてくる。父は長い間丁寧に彼女の腕をマッサージする。しばらくして、彼女があらっ! と叫ぶ。蕁麻疹が落ち着いたのだ。

「あらっ！」

父が言った。

「それがお前の母さんがおれにかけた最初の言葉だった」

自信がついた父は少し大胆に、マッサージの範囲を広めていく。しかし、指先は依然として震えている。父の手が通り過ぎたところは、彼女の痒みと腫れも消えて行く。彼女は驚いて叫び続ける。あらっ、あらっ。


「眠いか?」

「ううん、続けてよ、父さん」

「初夜にもお前の母さんは」

父が恥ずかしそうに言った。

「あらっ、あらっ、と狂ったように叫んだ」

僕は顔を真っ青にして聞いた。

「何?」

父が床に落とした剃刀を拾いながら言った。

「なんでもない」

夏。計り知れない深い海と月明かり。そして蕁麻疹のおかげで一緒に遊ぶようになった群れがいる。みんな裸足で、砂を踏むたびに伝わるずきずきした感覚になぜか尿意を覚える。それで、なんでもないことにも大げさに笑い、互いに好印象を与えようとつまらない冗談を交わす。青春。腹ぺこみたいにぱっと開いた瞳が蛍のように砂浜のうえを飛び交う。彼らは皆知っている。こんなときめく瞬間こそ、皆にはある種のとぼけたいたずらが必要であることを。男たちが父を砂に埋めることにする。父はばたついたが、友人たちの手に引きずられて砂の上に寝かされる。頭上に友人たちの悪意に満ちた笑顔が見える。父は不安になる。男たちと女たちが父を囲んでしゃがみ、体に砂をかぶせる。砂の粒が数千年前の時間のように一気に流れ落ちる。父の体は急に歳を取ってしまったようだ。足先から吸い込まれる波の音。父の体の上にまもなく小さな丘ができる。これから友人たちはその丘を削り落とし輪郭を作るだろう。そしてシルエットを作るように許されたのが彼女なのだ。彼女は父の体の上の砂を繊細に取り除いていく。父に腕と足ができる。波に打ち上げられたアダムのように、父はまっすぐに横たわっている。父が首を伸ばして自分の体を見る。丈夫そうな体つきが気に入る。ところが、胸の上におっぱい二つがそびえている。父の顔が真っ赤になる。なにするんだ！　友人たちはそれには答えず、父の下半身のところに集まってざわついている。父が慌てる。彼らが何をたくらんでいるのかわかった気がするからだ。父は泣きながら「やめろ！このバカやろうめえええー」と叫びたい。友人たちが父の体から離れる。父が顔をもたげる。天に向かってにょっきりそびえている性器が見える。巨大な砂の性器だ。友人たちがワアーと笑う。父は恥ずかしくて死にたくなってしまう。首を振りながらあがいてみるが、体が全く動かない。大きなおっぱいと性器をつけて抵抗する父と彼女の目が合った瞬間、父は頭に『国民教育憲章』を思い浮かべる。我らは民族中興の歴史的な使命を担ってこの地に生まれた。父は自分がこの地に生まれた本当の理由について考える。しかし何も思いつかない。でも、こんなことのために生まれたはずがないのは確かだ。だれかが父の性器に大きな花火を挿して、ライターで火をつける。父が驚いた目で自分の下半身を見ている間、友人たちはイーチ、ニーイ、サアンと大声で数えはじめる。芯があっという間に燃えつき、ピューンと空高く花火が打ち上げられる。父も、彼女も、友人たちも皆顔を上げて空を見上げる。とても短い瞬間の静寂が、彼らの頭上に宿る。ポン！　ポン！　花火が開く。父は横たわったまま花火の洗礼を受ける。ポン！　ポン！　咲き乱れる花火は美しい。このように、父の巨大な性器から打ち上げられた花火がタンポポのように夜空に広がったとき。父の輝く種が孤独な宇宙へと遠く遠くに放射されたとき。

「そのとき、お前が生まれたんだ」

襟首を剃り終えた父が言った。僕はしばらくそのまま座っていて、やがて父を振り向いて言い放った。

＊

鏡の中、父の指が見えた。父は指先で僕の頭をじっと固定させて、両方のバランスを見ていた。そして僕の右の方の髪をもう少し切った。新聞紙の穴から入った髪の毛で、首の周りがちくちくした。そしてふと、薄い眠りに誘われた。

「それでどうなったの？」

父が聞き返した。

「何が？」

「それで、僕はどうやって生まれたの？」

「今話したじゃないか」

「花火？」

「そうだ」

僕のほっぺたはふぐみたいにぷくっと、ふてくされたようにふくらんだ。

「それが本当に父さんの種なら、他の子たちはみんなどこにいるの？」

父が答えた。

「コペンハーゲン」

「は？」

「コペンハーゲンにいる。スカンジナビア半島にもいて、ブエノスアイレスにもいて、ストックホルムにも、平壌にも、イスタンブールにもいる」

僕は地球儀を見るのが好きだから、父が言ったところを全部知っていた。

「そんなことじゃなくて、本当のことを話して。さっき話した初夜みたいなことを。父さん、僕は本当の話が聞きたい」

父は別にかまわないといった声で答えた。

「わかった」

僕は素直に答える父が不思議だったが、話に耳を傾けるためきちんと座りなおした。

「これもまだ誰にも話してないことだ。つまり」

「秘密？」

「そうだ。秘密。そして本当のことだ」

父が櫛で僕の前髪を下ろした。僕は目をつむった。闇のなか、気のきかないはさみの音が軽快だった。

「だから、それから何カ月かが経ってからだった……」

顔の上に髪の毛がこぼれた。僕は夢をみないために、ふたたび目をぎゅっとつむった。


居酒屋だ。狭くて薄ぐらい店にはいくつかのテーブルが集まっている。壁の上の方では埃をかぶった換気扇がせっせと回っている。父はそこに座って、さっきから自分の両手をぼんやりと見つめている。何をすればいいのかわからない手。父の若い手。僕は父の手に懐かしさを見る。今でも父の足先には、父に向かって押し寄せてきた波の音が青く滲んでいるのに、彼女は来ないみたいだ。

「すみませーん、マッコリ一つください」

父が澄んだモヤシスープを一口飲む。そしてカクテキを一つ口に入れる。……おいしい。あまりにもリアルにおいしい。こんなときは、世のすべてのカクテキが、何の問題もなくおいしく発酵していくという事実だけでも腹が立つ。父がマッコリを一気に飲み干す。

「ちょっと、学生さん、何してるの！」

「えっ？」

隣のテーブルを片づけていた店のおばさんが、父を見ながら言う。父が自分の手を見下ろす。スプーンがねじり棒のように曲がっている。

「あ、すみません。僕、酒を飲むと力の調節ができなくて」

「だからって、人の商売道具をそんなにしちゃって」

「本当に申し訳ありません」

父は曲がったスプーンで、気まずそうにモヤシスープをすくって飲む。彼女は来ないみたいだ。父が、ジャンパーのポケットに入っている手紙の一部を声に出してみる。お元気ですか。見当もつかないですが、安否をうかがいます。元気でお過ごしでしょうか。元気と聞けば、元気と答える挨拶のあとの些細な心配事や、再び元気と言って振り向いてしまえば、聞けない安否の向こうにある安否までみんな、元気でありますように。

「すみませーん、マッコリをもう一つ」

そしてもう一度声をだして、お元気ですか。父は数日前、彼女の家の前であったことを思い浮かべる。


緑のペンキを塗った鉄扉の前。父はすでに何時間もうろついている。お元気ですか。見当もつかないのですが、安否をうかがいます。カチャッと扉が開く。はっと驚いた父が後ずさる。大きな男の影が山のように立っている。

「何だよ、お前は？」

彼女の兄だ。

「こ、こんにちは」

「お前、さっきから何で人の家の前をうろついてるんだ？」

父が一歩下がりながら答える。

「キョンジャさんはいらっしゃいますか？」

男が父を上から下までじろじろ見ながら言う。

「キョンジャ？　キョンジャに何の用だ？」

「いえ、あの、ただ」

「何だよ。はっきり言え」

酒を飲むと強くなる父。男の前では身動きがとれない。

「いいえ、それではまた」

「おい、それは何だ？」

男が聞く。

「何でもありません」

「何だよ？」

男が父の手紙を奪う。

「読まないでください」

父が手を差し出しながら頼む。しかし、男はすでに封筒から手紙を取り出している。父は男を止めようとするが、結局はどうにもならないことに気づく。男は手紙を、何か害のある薬の説明書でもあるかのように解読する。お元気ですか。見当もつかないですが、安否をうかがいます。父が男の顔色をうかがう。男の表情が硬い。父は焦ってくる。しかし、こんな状況では不思議にもわけのわからない希望が生まれるもので、父はひょっとしたら却ってよかったかもしれないと思う。以前、彼女から兄が国文科に通っていると聞いたことを思い出したからだ。火のような性格だが、時々詩を読んで泣いたりもするとか。もしかして男は父を理解してくれるかもしれない。真心はだれにでも伝わるものだから。父が注意深く男の表情をうかがう。そして自分の書いた文章を思い返してみる。僕の胸の中にははっきり刻まれた名前があるのです。男の顔がだんだんやわらかくなっていく。手紙を読み終えた男が父を見つめる。父も男を見つめ返す。外灯の明りの下、二人の男の沈黙が何かを許そうとしたとき。男が父の顔めがけて手紙を投げつけて、いきなり怒鳴る。

「お前は、文章がなってない!」

「いくらですか？」

父が席を立つ。居酒屋を出て行く父の後ろから、父の座っていた席が見える。テーブルの上にはねじり飴のように曲げられたスプーンが十個以上もある。曲げられたスプーン……マジックではなく腕力の。僕の父のこっけいな恋。


「眠いか？」

こっくりと船を漕いでいた僕は目を覚ました。

「ううん、父さん、続けてよ」

「そうか」

「父さん。だけど、それってどういう意味？」

「何がだ？」

「文章ってこと」

父が答えた。

「いつかお前が……」

僕は〝いつか〟という言葉を聞きながら、父のやさしい解釈を待っていた。こうした場合、いい父親とはたいがい子供の目線に合わせた説明をしてくれるからだった。

「スカンジナビア半島に住んでいる兄さんに会ったら、そいつに聞いてみろ」

僕は叫んだ。

「父さん！　もうそんな話はやめて、本当のことを話してよ！」

父が答えた。

「今話しているじゃないか」

僕は目蓋が重たかったが、父の話に耳を傾けようと気を引き締めた。続けてよ、父さん。

朝日が昇るまで僕は、寝ちゃダメなんだよ。


父が書き直した手紙を取り出して読みなおす。そして手紙をくちゃくちゃにしてしまう。

「僕の文章はなってない！」と叫びながら父が道端で泣く。しかし父は、母が父のところへ走ってきていることを知らない。どこかは知らないが、どこかで母と父が互いの名前を呼び合っている。そしてその日。やっと二人が会ったとき。


「お前の母さんが何と言ったか分かるかい？」

「何と言ったの？」

「その日からあなたに会いたくなるたびに……体中が痒くなったりしたわ」

僕は父の顔を見ることができなかったが、父が笑っていることがわかった。

二人の肩が見える。

「ごめんなさい」

母が言う。

「いや」

小学校の校庭、誰ものっていないブランコが風に揺れている。

「兄さんがいて、ずっと出られなかったんです」

父がためらいながら聞く。

「兄さんは僕のことが気に入らないんですね？」

「ええ」

「どうしてですか？」

「ただ、顔が気に入らないと」

父がいきなり怒りだす。

「だからといって、それをその通り言うなんて！」

母があやまる。

「ごめんなさい」

たちまち二人は気まずくなる。花火が打ち上げられる直前のように、四方が静まりかえる。しょげた父が口を開く。

「面白いものを見せてあげます」

父がポケットからスプーンを取り出す。母は期待に満ちた目で父を見つめる。父がスプーンを曲げる。

「あ、おかしいな。さっきまではできたのに」

スプーンはビクともしない。父がふたたび力を振り絞ってスプーンを曲げる。顔が真っ赤になり、腕の筋肉がうごめく。それでもスプーンはそのままだ。父がスプーンを投げ捨てながら大声をあげる。

「ちくしょう！」

驚いた母が父をじっと見つめる。慌てた父が言い訳をする。

「ハハハ、本当にできるんだけどな」

父が頭を掻く。

「こんなものでも見せたかったのに」

二人はまた気まずくなる。そもそもこんなときは、必ずしも話したいことなどないものだ。

二人が互いの顔を見つめる。父がためらう。腹ぺこみたいにぱっと開いた瞳。そして、いよいよ口づけの時だ。二人の気持ちが近づいてくる。ところが父は、先ほど食べたカクテキを思い出す。一箱以上も吸ったタバコもマッコリも、すべてが気になってしまう。

「ちょっと待って」

父が立ち上がりながら言う。

「ここにいて。すぐに戻るから」

母が不安そうな目で父を見つめる。

「すぐ終わります」

父は息を切らしながら水飲み場に行き、蛇口をひねって両手一杯に水をためる。自分の手相が透明に見える両手に頭を突っ込む。そして何回も何回も口をすすぐ。父は手のひらを鼻の先に付けてみる。頭をかしげて、依然、安心ができない。そのとき、父が何かに気づく。青いビノリア石鹸だ。焦っていた父が指先に石鹸をつける。水に溶けてつぶれそうになった石鹸が指先にたっぷりつく。その指で父は前歯をこすりはじめる。石鹸が歯の間に溶け込んでいく。父は口を大きく開けて、大急ぎで奥歯も磨く。ウエッ――途端に吐き気がする。父はまた口をすすぐ。何回繰り返しても石鹸の味はなかなかなくならない。吐き気がしてむかむかする。石鹸の匂いで頭が割れそうに痛む。まるで自分の脳が石鹸でできているような気分になる。父がふらふらした足取りで母のもとに走っていく。

「お待たせしました」

「どこに行ってたんですか？」

「いや、ちょっとそこまで」

父の頭がずきずきと痛む。しかし、母の顔を見た瞬間、裸足で熱い砂を踏んだときのように体中がしびれてくる。父は思わず唇をなめる。世界で最も重大な嘘でもつくように、父は唇をなめる。父が母の肩をつかむ。母は目を閉じる。そして二人の顔がだんだん近づく。二つの唇がひとつになる直前。世界の。静寂。そして長い間待ちに待った口づけ。そっと二人の唇が重なる。瞬間、父の頭の上に一気に数千のシャボン玉が昇っていく。ひらひら。宇宙に放射される父の夢。そして透明なシャボン玉が昼の夢のように舞い散ったとき。さわやかなビノリア石鹸の香りが夜空の方へとゆらゆら漂い、青く広がったとき。

「そのときお前が生まれたんだ」

僕はときめく胸を抱えて叫んだ。

「ほんとう？」

父がそっけなく答えた。

「うそだ」

*

父が乾いたタオルで、僕の肩についた髪の毛をぱっぱっとはたいてくれた。僕は眠い目を吊り上げながらあくびをした。地球は一定の方向に回っていて、風はいろんな方向へと吹いている夜だった。僕は歌うように聞いた。父さん、僕はどうやって。遠くから波の音が聞こえてきた。僕の知っている波の音だ。父さん、本当の話を聞かせて。だんだんふぐの毒が広がっているみたい。喉が渇いて、目が痛いよ。目眩もするし。父さん、いまこそ僕は知りたい。


「眠いか？」

「違うよ、父さん」

「終わったからもう寝よう」

父が僕にかぶせた新聞紙をはがした。

「ダメだよ、僕は今夜寝ちゃダメだよ。寝たら死んじゃうよ」

父が言った。

「寝ても大丈夫だ」

「うそ！」

「本当だ」

「なぜそれが信じられる？」

「じゃ、勝手にしなさい」

「母さんが生きていたら」

父がたじろいだ。今だとばかりに僕はだだをこねた。

「そんなこと言わなかったと思う」

「……」

「父さん、もうこれ以上聞かないようにするから。最後に一度だけ、お願い！」

父は両手で僕の肩をつかんで、しばらく黙っていた。僕は父が怒っているのではないかと心配になった。父がまじめな声で話しはじめた。

「わかった。その代わり、二度とこの話をしてくれと言うんじゃない。いいな？」

僕は力をこめて頷いた。

「これからの話はすべて事実だ。お前の母親に誓って嘘はつかない。だからといって、これまで話したことがすべて嘘だったわけでもない」

今度も僕は頷いた。父が深い息をした。

「お前の母さんと出会ったのは、春川《チュンチョン》駅の休憩所だった。おれは軍靴の紐を縛りなおして、列車を待っていた。清涼里《チョンリャンリ》行きの三時発の列車だ」

〝そろそろ話が終わるみたいだ。そして、この夜もひょっとしてもう終わりだろう。僕は死なないで生き続け、いつかこの話を人々に聞かせてあげよう〟と思う。

こっくり。首を支えられなかった僕がビクッとする。遠くから父の声が聞こえる。これからが本当だというのに、眠くて仕方がない。こっくり。また僕の頭が落ちてくる。父さん、父さん、僕はどうやって。どこかで風が言う。これは今お前が訊ねている言葉ではないと。僕がどこかにふわふわ飛んでいく。父の話を聞かなければならないのに。今聞かなかったら二度と聞けないのに。声が遠ざかっていく。あそこ、昔々の古い空の上へポン！ ポン！ 花火が打ち上げられる。点滅する光。僕は空高く浮かび上がり、自分の家を見下ろす。はるか遠くにスカンジナビア半島にいる僕の兄が見える。彼は山に登って、片手を高く上げて振っている。彼が僕に気づいて挨拶をする。「おーい！」。僕は彼の声を聞こうと耳を傾ける。よく聞き取れない。再び彼が叫ぶ。「おーい！」。朗々と、半島の山脈にそって響きわたる彼の声。僕は勇気を出して尋ねてみる。「なにー？」。彼が答える。「僕のいるところは間氷期だから、年に二センチずつ上がってるんだ！」。僕はもっと大声を出して聞く。「なんですって？」。彼は手を振りながら精一杯に、まるでそうしなければならないかのように、僕に向かって叫ぶ。「振り向いてしまえば、聞けない安否の向こうにある安否まで、みんな元気ですか！」。僕はその場に立って、スカンジナビア半島の兄にとても小さな声で答える。「……ありがとう」。

隙間風の多いある家。居眠りをしている一人の子供をみる。狭い等圧線がもたらす風が運んでくる話に耳を傾けているあの子を。父の声が聞こえないため、いまやその子は自分の方から話そうとする。父が母に出会ったときの話を。

母が話す。あなたに会いたくなるたびに、体中が痒くなったりしたわ。父が話す。面白いものを見せてあげます。子供が空の上に数百個のスプーンを投げる。くるくる回転しながら飛ぶスプーンが、爆竹のように光る。父が母を抱きしめる。母の体がスプーンのように曲がる。母が言う。うそ。父が話す。いいえ、本当です。子供が話す。そうだよ、本当だよ。父が母を見つめる。母も父を見つめる。ちょっと待って。父が話す。心配しないで、母さんはそこで待っているから。お元気ですか。元気でお過ごしですか。子供はだんだん小さくなって種のように縮んでしまう。ぱちくりするふぐの目。ふぐたちの泳ぎ。北太平洋の風。だからこれは、秘密だ。遠くから朝日が昇っているが、だれも本当かと聞かないし、だれも嘘だと答えない。父が僕を抱えてあたたかい部屋に寝かせる気配を、かすかに感じる。僕は口を閉じたままつぶやく。これはすべて夢かもしれないが、僕のところに来るため北太平洋から数千キロメートルを吹きつけてきた風のように、なぜか僕は必ずその夢と会わなければならない気がする、と。

著者

金愛爛（キム・エラン）

1980年、仁川生まれ。韓国芸術総合学校演劇院劇作科卒業。短篇「ノックしない家」で第1回大山大学文学賞小説部門を受賞し、2003年に同作品を季刊『創作と批評』春号に発表してデビュー。若い同世代の社会文化的な貧しさを透明な感性とウィットあふれる文体、清新な想像力で表現し多くの読者を得る。2005年度末には「韓国文壇の最大収獲の一つ」と評された。同年、大山創作基金と韓国日報文学賞を最年少で受賞。李孝石文学賞、今日の若い芸術家賞、金裕貞文学賞なども受賞。著書に『走れ、父さん』『唾がたまる』など。邦訳に「水の中のゴライアス」。

訳者

きむふな

本名・金壎我。1963年生まれ。韓国・誠信女子大学大学院修了後、国際交流員として島根県庁総務部国際課勤務。専修大学大学院日本語日本文学専攻修了（文学博士）。現在、立教女学院非常勤講師。日韓文学シンポジウム、第一回東アジア文学フォーラムの通訳などを担当。著書『在日朝鮮人女性文学論』（作品社）、訳書に『愛のあとにくるもの』（幻冬舎）、『山のある家、井戸のある家』（集英社）ほか、韓国語訳書に『笑いオオカミ』（津島佑子、第1回板雨翻訳賞受賞）など。

作品名　だれが海辺で気ままに花火を上げるのか

*『いまは静かな時─韓国現代文学選集─』収録作品

『いまは静かな時─韓国現代文学選集─』
2010年11月25日発行
編集：東アジア文学フォーラム日本委員会
発行：株式会社トランスビュー　東京都中央区日本橋浜町2-10-1
TEL. 03(3664)7334　http://www.transview.co.jp